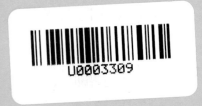

Field Trip to Volcano Island

校外教學到火山

約翰・海爾 JOHN HARE 著

作者

約翰・海爾（John Hare）

美國人，插畫家、設計工作者。《校外教學到月球》是他的第一本繪本作品，以寂靜太空爲發想，創造出充滿想像力的太空世界，一推出即大受歡迎，榮獲「歐洲吹笛者文學獎」、「美國圖書館協會選書獎」等十一項國際大獎肯定。推出系列作《校外教學到海底》亦受到各界讚譽。系列第三部作品《校外教學到火山》則榮獲「學校圖書館期刊年度最佳圖書」、「美國青少年圖書館協會優質圖書」獎項。

獻給雪莉——
因為鮮花不持久，多少的話語也不夠。

小麥田 繪本館
校外教學到火山
Field Trip to Volcano Island

作者：約翰．海爾 John Hare
封面設計、美術編排：翁秋燕／責任編輯：蔡依帆
國際版權：吳玲緯／行銷：闕志勳、吳宇軒／業務：李再星、陳美燕
總編輯：巫維珍／編輯總監：劉麗眞／總經理：陳逸瑛／發行人：凃玉雲
出版：小麥田出版／10483台北市中山區民生東路二段141號5樓／電話：(02)2500-7696／傳眞：(02)2500-1967
發行：英屬蓋曼群島商家庭傳媒股份有限公司城邦分公司／10483台北市中山區民生東路二段141號11樓
網址：http://www.cite.com.tw／客服專線：(02)2500-7718｜2500-7719
24小時傳眞專線：(02)2500-1990｜2500-1991／服務時間：週一至週五09:30-12:00｜13:30-17:00
劃撥帳號：19863813／戶名：書虫股份有限公司／讀者服務信箱：service@readingclub.com.tw
香港發行所：城邦(香港)出版集團有限公司／香港灣仔駱克道193號東超商業中心1/F／電話：852-2508 6231／傳眞：852-2578 9337
馬新發行所：城邦(馬新)出版集團 Cite (M) Sdn Bhd. ／41, Jalan Radin Anum, Bandar Baru Sri Petaling, 57000 Kuala Lumpur, Malaysia.／電話：+603 9056 3833／傳眞：+603 9057 6622
讀者服務信箱：services@cite.my／麥田部落格：http:// ryefield.pixnet.net／印刷：漾格科技股份有限公司
初版：2023年6月／售價：360元／／ISBN：978-626-7281-14-7

校外教學到火山/約翰.海爾(John Hare)著. -- 初版. -- 臺北市：小麥田出版：英屬蓋曼群島商家庭傳媒股份有限公司城邦分公司發行, 2023.06
面； 公分. -- (小麥田繪本館)
譯自：Field Trip to Volcano Island.
ISBN 978-626-7281-14-7(精裝)

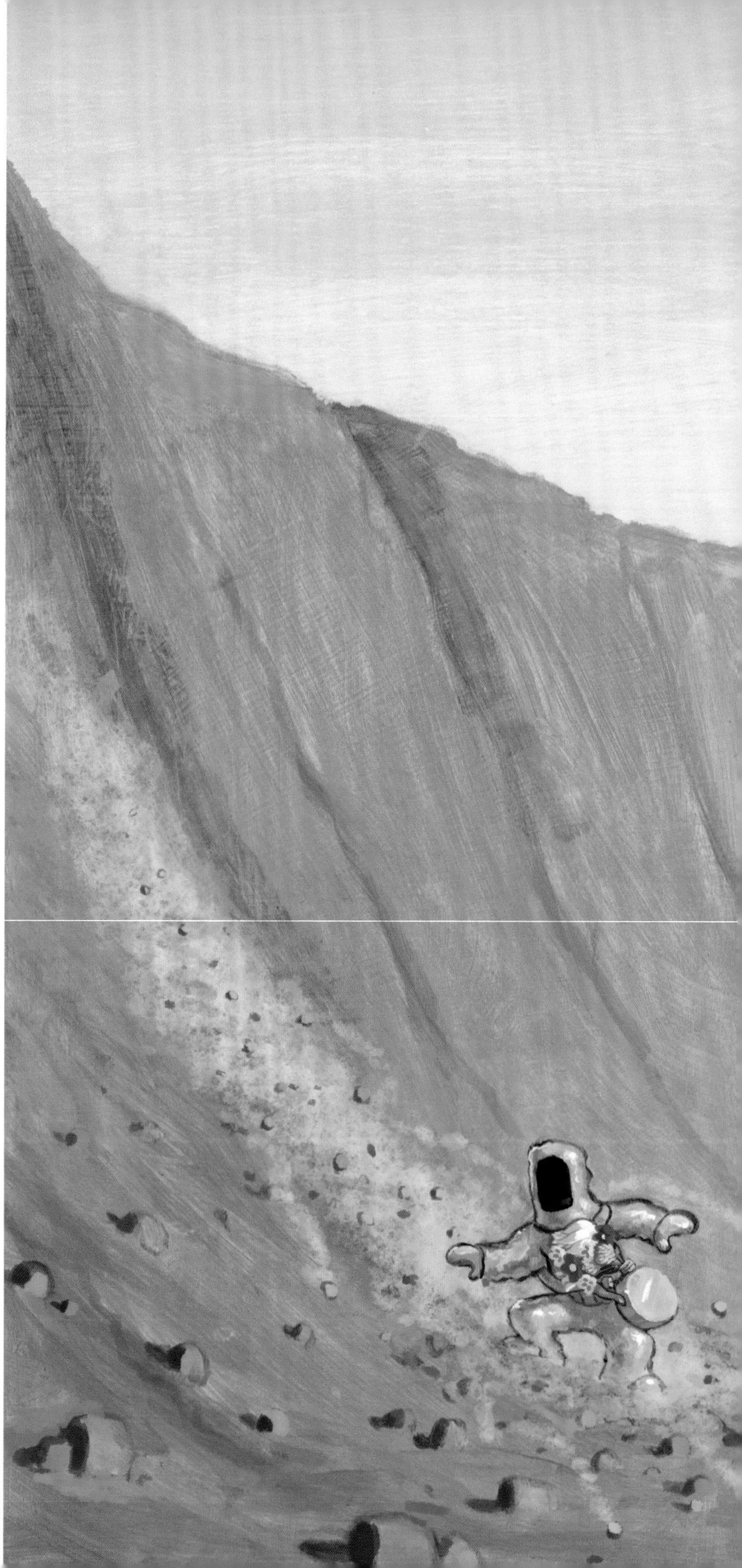

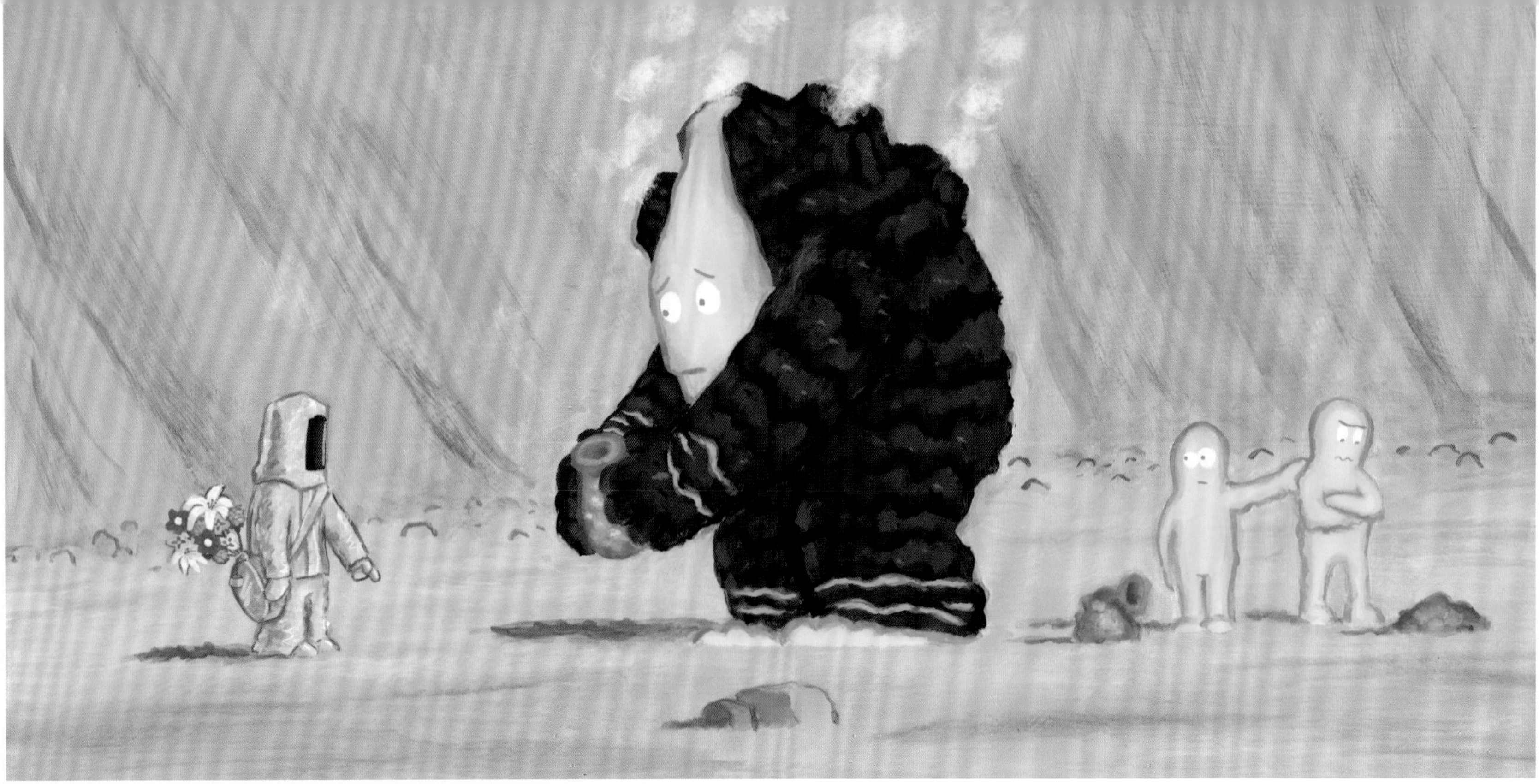